la courte échelle

Les éditions de la courte échelle inc.

Bertrand Gauthier

Bertrand Gauthier est le fondateur des éditions la courte échelle. Il a publié plusieurs livres pour enfants, dont les séries Zunik, Ani Croche et Les jumeaux Bulle. Il a également publié deux romans dans la collection Roman+. Il a reçu le Prix des clubs de lecture Livromagie pour *La revanche d'Ani Croche*. Plusieurs de ses livres sont traduits en anglais, en chinois, en grec et en espagnol.

Bertrand Gauthier est un adepte de la bonne forme physique. Selon lui, écrire est épuisant et il faut être en grande forme pour arriver à le faire. Mais avant tout, Bertrand Gauthier est un grand paresseux qui aime flâner. Aussi, il a appris à bien s'organiser. Pour avoir beaucoup... beaucoup de temps pour flâner.

Gérard Frischeteau

Gérard Frischeteau a illustré plusieurs livres sur les animaux et conçu de nombreuses affiches: prévention du cancer, hébergement olympique, produits laitiers, écologie... Il a aussi réalisé quelques films d'animation (annonces publicitaires pour la télévision et courts métrages à contenu éducatif). Il travaille également à des concepts à Canal-Famille. À la courte échelle, en plus de la série Ani Croche, il illustre les romans de Bertrand Gauthier dans la collection Roman+.

Sinon, il aime les chats... et les promenades en canot, par un beau jour d'été, pour le plaisir de se sentir bien. *Le cent pour cent d'Ani Croche* est le cinquième roman qu'il illustre à la courte échelle.

Du même auteur, à la courte échelle

Collection albums
Série Zunik:
Je suis Zunik
Le championnat
Le chouchou
La surprise
Le wawazonzon
La pleine lune
Le spectacle
Le dragon

Collection Premier Roman
Série les jumeaux Bulle:
Pas fous, les jumeaux!
Le blabla des jumeaux
Abracadabra, les jumeaux sont là!

Collection Roman Jeunesse
Panique au cimetière
Les griffes de la pleine lune

Série Ani Croche:
Ani Croche
Le journal intime d'Ani Croche
La revanche d'Ani Croche
Pauvre Ani Croche!

Collection Roman+
La course à l'amour
Une chanson pour Gabriella

Bertrand Gauthier

LE CENT POUR CENT D'ANI CROCHE

Illustrations
de Gérard Frischeteau

la courte échelle

Les éditions de la courte échelle inc.

Les éditions de la courte échelle inc.
5243, boul. Saint-Laurent
Montréal (Québec) H2T 1S4

Conception graphique:
Derome design inc.

Révision des textes:
Jean-Pierre Leroux

Dépôt légal, 2e trimestre 1994
Bibliothèque nationale du Québec

Données de catalogage avant publication (Canada)

Gauthier, Bertrand

    Le cent pour cent d'Ani Croche

    (Roman Jeunesse; RJ49)

    ISBN: 2-89021-213-0

    I. Frischeteau, Gérard. II. Titre. III. Collection.

PS8563.A847C46 1994   jC843'.54   C94-940119-6
PS9563.A847C46 1994
PQ3919.2.G38C46 1994

À la seule et toujours unique Anisara,
qui a maintenant 21 ans

Prologue
Est-ce vraiment
du chiffon?

Merci, Olivia, merci!

Vingt fois, cent fois, mille fois, un milliard de fois merci, Olivia.

Vraiment, je ne le dirai jamais trop.

Sans toi, ma fidèle confidente, je n'ose pas penser à ce que je deviendrais.

Comme il est réconfortant de te voir prêter l'oreille à la moindre syllabe qui sort de ma bouche!

Dans la vie, Olivia, si tu savais comme il est important qu'on nous écoute. Mais aussi, ma petite chérie tout en chiffon, il est essentiel de se sentir comprise.

Comprise, bien sûr, mais surtout acceptée!

Olivia, je n'ai que des éloges à te faire.

Toujours tu m'entends, toujours tu m'écoutes, toujours tu me comprends. Mais surtout, ma chère confidente, toujours tu m'acceptes!

Chaque jour, Olivia, quelle grande preuve d'amour tu me donnes! Si tous les parents du monde pouvaient suivre ton exemple, ce serait le paradis sur terre.

Bon, suffit les compliments, il est maintenant temps de dormir.

Demain matin, je dois être en forme. Bien sûr, ce ne sera pas encore le grand jour. Néanmoins, je m'approche un peu plus du fameux jour J.

Tu sais ce que je veux dire, Olivia?

Dans moins d'un an, je ne serai plus jamais étiquetée élève du primaire. Oui, très bientôt, je fréquenterai le secondaire. Avec tous les privilèges que ça comporte.

Tu ne peux pas imaginer, ma petite chérie, jusqu'à quel point je rêve déjà à ce jour. À ce moment précis où je franchirai les portes du secondaire.

Pour, cette fois, enfin y rester!

Maintenant je sais qu'il suffit
cher secondaire tant désiré
d'une toute dernière année
à continuer de patienter
pour que ma chère liberté
devienne à jamais infinie.

Chapitre I
Des odeurs de rentrée

En attendant, primaire oblige!

Ce matin, je dois donc me rendre à l'école Les Rayons de Soleil.

Aussitôt arrivée, j'apprends qu'il y a assez d'élèves pour former trois classes de sixième: la Bleu Azur, la Rouge Volcan et la Jaune Tournesol.

Bien fâcheux départ pour une sérieuse aspirante au secondaire!

En effet, avec des noms pareils, comment ne pas avoir l'impression d'être encore à la garderie?

Pourtant, à mon âge, je ne devrais plus être traitée de la sorte. Je suis devenue une jeune fille et il me semble que ça se voit.

Mais tant que je serai clouée sur les bancs du primaire, je sais bien qu'on continuera de me prendre pour une enfant. Mon statut de jeune fille, c'est seulement le secondaire qui finira par me l'accorder.

J'apprends ensuite que je ferai partie de

la sixième Rouge Volcan. C'est un ordinateur inhumain qui a profité de mes vacances d'été pour faire ce choix.

Je ne serai donc pas dans la même classe que Myriam Lacasse.

Ma meilleure amie va passer l'année dans la Jaune Tournesol, juste à côté de la Rouge Volcan. À la fois si proche et si loin de moi!

Mais je ne suis pas au bout de mes peines.

En effet, j'aurai cette chance unique de côtoyer les deux filles les plus détestables de l'école.

D'abord, il y a l'adooooorable Isabelle Flamand. Celle-là même qui se prend pour la Belle au Bois dormant! Si, au moins, Isabelle imitait vraiment son héroïne! Et arrivait à s'endormir pour les cent prochaines années!

Mais non, ce serait trop beau!

Néanmoins, il faut admettre qu'Isabelle Flamand n'est pas la plus terrible des épreuves.

Non, le véritable désastre, ce serait plutôt la Charlotte Russe.

Incontestablement!

Ah, mes oreilles, je vous plains déjà!

Mes pauvres infortunées, vous devrez pourtant vous attendre au pire. Vous n'y échapperez pas, personne d'ailleurs ne peut s'en sauver. Bientôt, vous subirez les assauts répétés du rire affreux de cette Miss Calamité.

Mais un malheur n'arrive jamais seul, peut-on lire dans le dictionnaire des proverbes.

Dans ce livre, on ferait bien d'ajouter qu'un malheur en attire fatalement plusieurs autres.

Miss Calamité est un fléau, personne ne le contestera. Surtout pas moi! Mais ce n'est pas la plus horrible catastrophe que la terre ait connue.

Non, sur le chapitre des plus grands désastres de l'histoire, Mario Brutal remporte facilement la palme.

Mission impossible que d'essayer de le détrôner!

Le sort en est jeté: la Brute a été classée dans la sixième Rouge Volcan. Ainsi, je suis condamnée à côtoyer mon ennemi juré!

Et je serai injustement détenue dans le même bocal étouffant que la Brute aux pieds puants!

Sans le moindre doute, ce sont dix longs mois d'enfer qui m'attendent. On aurait pu me demander mon avis avant de me placer dans cette Rouge Volcan!

Si on m'en avait donné le choix, j'aurais préféré escalader l'Himalaya en pleine tempête! Ou même traverser à pied le désert du Sahara!

En somme, j'aurais été d'accord pour souffrir le martyre. Oui, prête à tout pour éviter de me retrouver aux côtés du brutannosaure, ce dernier rescapé de l'époque jurassique.

Mais maintenant, qu'est-ce que je pourrais bien faire pour me sortir de ce bocal étouffant?

Pour l'instant, malheureusement rien!

Je ne demanderai sûrement pas à Lise d'intervenir auprès de la directrice. Ce n'est pas dans mes habitudes d'aller larmoyer dans les jupes de ma mère.

Non, vraiment pas dans mes habitudes!

Chapitre II
Le smack de Mario

Dans cette foire aux malchances, il y a cependant une bonne nouvelle. Le titulaire de la sixième Rouge Volcan est jeune. Et il ne semble pas trop laid, à première vue.

Mais personne n'est parfait.

Je devrai donc apprendre à vivre avec les imperfections physiques du nouveau prof. Mais pour passer de la catégorie des pas trop laids à celle des beaux, il n'y a qu'un pas. Que je m'amuse allègrement à franchir!

En esprit, bien sûr, j'opère une chirurgie esthétique.

D'abord, il faut écourter ses bras qui pendent le long de son corps. Même si l'homme descend du singe, il n'a pas l'obligation de l'imiter à ce point.

Ensuite, je refaçonne le nez trop gros de mon prof. Je cherche ainsi à mieux l'harmoniser avec son visage plutôt long et osseux.

Mais surtout, je dois remodeler ses oreilles trop décollées. Afin d'apprécier ses beaux yeux pétillants, il faut atténuer cette présence envahissante. Vraiment, il est essentiel que ces deux indésirables se fassent plus discrètes!

En le voyant revenir de ma salle d'opération, je souris. Grâce au scalpel de mon imagination, notre jeune professeur est tout à coup devenu des plus séduisants.

— Je viens de terminer mes études et je commence à enseigner, nous explique-t-il nerveusement. Je suis bien chanceux d'avoir trouvé aussi vite un emploi qui me passionne déjà.

Chanceux?

Pauvre lui!

Au départ, enseigner n'est certainement pas une chose facile. Quand, en plus, on se retrouve avec un brutannosaure comme élève, on est assuré d'en multiplier les difficultés.

Notre nouveau professeur n'a sûrement pas la moindre idée de ce qui l'attend. D'ailleurs, c'est peut-être mieux ainsi. Il apprendra, assez vite, merci, que la vie ne l'a pas autant choyé qu'il le prétend.

— Je me nomme Romain Lelièvre-Latortue, continue notre nouveau prof. Mais en cette première journée, je n'ai pas l'intention de vous parler bien longtemps.

Non, j'ai plutôt hâte de vous entendre. À tour de rôle, vous allez donc vous présenter au reste de la classe.

Ah non, pas encore ce supplice!

Au début de chaque année, il faut raconter ses vacances d'été, ou décrire ses loisirs préférés, ou étaler certains traits de sa personnalité. À force de goûter à cette médecine, on apprend à devenir des spécialistes dans l'art de gnangnanner.

— Pour cette première fois, deux petites minutes par élève suffiront, nous précise M. Lelièvre-Latortue.

Maintenant que l'invitation est lancée, qui osera se jeter dans la fosse aux lions?

Pour l'instant, personne!

Savez-vous, mon cher monsieur Romain Lelièvre-Latortue, que deux petites minutes peuvent paraître bien longues? Quand on n'a rien à dire, ça peut même avoir des airs d'éternité.

Au fond, pour la plupart d'entre nous, il vaudrait mieux commencer l'année en écrivant. En tout cas, ce sera toujours moins gênant de faire des fautes d'orthographe que de bafouiller des niaiseries devant toute la classe.

— Vite, un peu de courage, quelqu'un.

Autrement, si personne n'ose, je devrai...

— Hé, monsieur, l'interrompt une voix familière provenant de ma droite, il y a une solution à votre problème. Vous n'avez qu'à demander à celle qui se prend pour la plus belle et la meilleure, même si elle est aussi laide qu'une...

— Justement, toi, dit Romain, maintenant que tu as commencé, tu pourrais continuer à la briser, cette fameuse glace.

— Moi? fait mine de s'étonner Mario Brutal.

— Oui, oui, toi. D'ailleurs, il est trop tard pour te défiler. Allez, vas-y, nous t'écoutons.

Vif comme l'éclair, ce lièvre de Romain

vient de sauver mon honneur. Sans le savoir, bien entendu!

Personne n'apprendra à quelles horreurs je peux bien ressembler.

Toutefois, je ne dois pas me faire la moindre illusion. Quand on a affaire au tyrannosaure à Mario, ce n'est toujours que partie remise.

Là, le brutannosaure vient de se lever.

De son pas lourdaud, il entreprend de se diriger vers l'avant de la classe. À l'aise, notre premier conférencier a déjà pris soin de retirer ses souliers.

— Si tu préfères, tu peux rester à ta place, lui propose Romain.

— Non, non, je veux que tout le monde puisse me voir. Après tout, je pense que je vaux le coup d'oeil.

Évidemment, il n'en faut pas plus à la Charlotte Russe pour s'esclaffer. Et quel triste spectacle que de voir Mario Brutal se pavaner ainsi!

Une vraie pollution visuelle! À dénoncer comme la pollution atmosphérique que le brutannosaure impose à toute la classe de la Rouge Volcan! Sans oublier d'ajouter la pollution sonore de la présidente de son fan-club!

— Vous me reconnaissez tous, c'est moi, l'unique Mario Brutal, le gars le plus populaire de l'école. Les filles, je les comprends donc de vouloir devenir mes blondes...

Pas possible, je crois rêver!

Je me pince, il faut que je me réveille au plus vite, car je suis sûrement au beau milieu de la nuit. Mais non, j'ai les yeux grands ouverts et, dehors, je vois briller le soleil. Il est même trop éclatant à mon goût!

Et dire que l'année vient à peine de commencer! Pourtant, ça n'empêche pas le cauchemar brutannosaurien d'être déjà à l'oeuvre.

Encore et toujours marquée au fer rouge du primaire!

Ah, vivement le secondaire!

— ... Et je veux donc toutes vous prévenir, car je sais que vous êtes nombreuses à courir après moi...

Mais qui va arrêter le plus brutanno-saure des tyrannosaures?

Sûrement pas le ridicule, qui n'a jamais réussi à tuer personne. Ni empêché, d'ailleurs, les pires imbécillités de s'étaler au grand jour.

Bien englué dans sa bêtise, Mario Brutal continue à afficher ses prétentions.

— ... Je dois aussi vous avertir, je suis devenu très indépendant. À cause de ma popularité, j'ai appris à me protéger de mes admiratrices trop féroces. D'une, entre autres, qui, depuis des années, ne cesse de me poursuivre. Elle est même dans cette classe...

— Là, je me dois de t'arrêter, Mario, intervient Romain.

Ouf, grâce à Romain, je viens encore de l'échapper belle. Je suis persuadée que ce prof-là ignore à quel point il a de l'intuition.

— En fait, Mario, c'est que tes deux minutes sont écoulées, continue notre prof. Et puis, je ne voudrais pas que tes admiratrices passent aux actes. Qu'est-ce que je ferais, moi, si elles se mettaient toutes à t'arracher tes vêtements en pleine classe?

Vraiment, ce Romain Lelièvre-Latortue me surprend de plus en plus. Jamais je n'aurais cru qu'il puisse posséder un tel sens de l'humour.

Tout en retournant à sa place, Mario Brutal bombe le torse. Mais comment peut-on arriver à être fier de soi quand on est le symbole incarné de la stupidité?

Il n'y a rien à faire, ça me dépasse. C'est évident que les pointes d'ironie de Romain n'ont pas atteint leur cible. Trop subtiles pour le bruyant tyrannosaure!

Avant de s'asseoir, le balourd ajoute l'insulte à la bêtise en me faisant un affreux clin d'oeil. De plus, ses lèvres dégoûtantes me lancent un *smack* qui résonne comme un coup de canon.

— Moi, mon beau Mario, si tu n'existais pas, sois sûr que je t'aurais inventé.

Qui d'autre que la Charlotte Russe peut s'exprimer de la sorte? L'amour serait aveugle, à ce qu'on dit.

Mais, la Charlotte, il faudrait dire aussi que dans ton cas l'amour rend sourde, imbécile au carré, cornichonne au cube, nounoune à la quatrième puissance...

Et j'en passe.

Miss Calamité et le brutannosaure, un vrai beau couple qui est sur la même longueur d'onde!

Épaisse et épais un jour, épais et épaisse toujours! La Belle abrutie et la Bête puante: une histoire d'amour dont l'humanité pourrait très bien se passer.

Et nous aussi de la sixième Rouge Volcan!

Néanmoins, l'intervention spontanée de Charlotte me rend un fier service. En effet, son cri du coeur masque quelque peu le *smack* de Mario. Et, par la même occasion, distrait toute la classe.

Sauvée par la cloche à Charlotte!

J'aurai tout vu!

Chapitre III
Cent pour cent

Deux jours plus tard — ouf! enfin vendredi! —, Romain se présente devant la classe, deux petits récipients dans les mains. Après les avoir déposés sur son bureau, notre prof commence ses explications.

— Ces deux boîtes vont nous servir à...

Au moment où nous allions en savoir plus, on cogne à la porte. Le prof se précipite. On voit alors apparaître Mme Marguerite Avril-Printemps.

Pas seule, cependant!

En effet, la directrice des Rayons de Soleil est accompagnée de quelqu'un que je ne reconnais pas.

J'ai même la certitude de n'avoir jamais vu ce garçon. Pas plus à l'école que dans les parages, d'ailleurs!

— Ce jeune homme vient d'arriver dans notre quartier, nous précise la directrice. Il fera désormais partie de votre groupe Rouge Volcan.

Pendant ce petit discours, le concierge des Rayons de Soleil fait son entrée. Il porte un pupitre et une chaise. Le plus discrètement possible, l'homme les dépose à l'arrière de la classe.

— Et j'espère que vous lui ferez un accueil chaleureux, nous suggère la directrice.

Au signal du brutannosaure, le choeur de la sixième Rouge Volcan se met à applaudir à tout rompre. Pour tenter de stopper cette manifestation, Mme Avril-Printemps lève les bras au ciel.

— Je ne vous en demandais pas tant, les amis, ajoute notre directrice, le sourire aux lèvres. Votre nouveau copain, non plus, j'en suis persuadée.

Ai-je bien entendu?

Au lieu de remettre Mario Brutal à sa place, Mme Avril-Printemps semble s'amuser. Il est évident qu'elle trouve drôles les initiatives du tyrannosaure.

À peine croyable, même la directrice approuve le brutannosaure. Tout ça n'annonce rien de bien réjouissant pour l'annéc à venir.

Pendant tout ce temps-là, notre nouveau Rouge Volcan s'est dirigé vers son pupitre. Les yeux baissés, il ne cesse de se tortiller sur sa chaise.

S'il pouvait se glisser sous les tuiles du

plancher, le pauvre, il le ferait sûrement. Et ça le soulagerait grandement, j'en suis sûre.

Que je le comprends!

Ce n'est pas facile de se voir propulsé ainsi au rang de vedette. Surtout quand on semble aussi timide que lui! De toute façon, dans pareille situation, n'importe qui serait mal à l'aise. Même moi, et je n'exagère pas!

Une fois Mme Avril-Printemps partie, Romain s'adresse au nouveau venu.

— Avant d'entreprendre quoi que ce soit d'autre, je t'inviterais à te présenter.

Tous les yeux se tournent alors vers le fond de la classe. Plus rouge que ça, on ne peut trouver que du homard bouilli!

— Ça n'a pas besoin d'être long, sent le besoin de préciser Romain.

Les yeux toujours baissés, le grand timide vient de croiser ses mains. Les idées et les mots doivent se bousculer dans sa tête. En vain, il tente de voir par quel bout il va commencer.

Au désespoir, le malheureux doit même songer qu'il n'y parviendra jamais. Pas un seul mot n'arrivera à sortir de sa bouche.

Ah, le supplice qu'il doit endurer!

Fausses, totalement fausses, toutes mes hypothèses!

En effet, je viens d'entendre notre nouveau commencer sa présentation.

— Je suis Vincent-Émile Milliard et...

— Ce n'est pas un nouveau, celui-là, c'est un vrai nono, est-il tout de suite interrompu.

— Nounoune toi-même, ne puis-je m'empêcher de répondre à la Charlotte Russe.

Comme il se doit, Mario Brutal saute dans la mêlée. Il doit protéger Charlotte, Miss Calamité étant bien incapable de se défendre toute seule.

— Toi, cette année, la Crotte, je tiens à t'avertir que tu ferais mieux de te mêler de tes affaires.

S'il croit m'impressionner avec ses menaces, il se trompe royalement. Juste comme je vais répondre au brutannosaure, Romain intervient.

— Du calme, là-bas, du calme, s'il vous plaît. À ce que je sache, c'est au tour de Vincent-Émile et pas à celui de...

— Toi, le lièvre et la tortue, arrête de te prendre pour César. Occupe-toi plutôt de tes moutons de Romains. Et laisse à Mario ce qui appartient à Mario.

— Mario Brutal, je te demanderais d'être poli, tu m'entends?

— Oui, oui, je t'entends, cher monsieur Loiseau-Pigeon, je t'entends bien, Leloup-Cauchon... Oh! là, là, pardonne mon erreur, monsieur Saumon-Magané...

— Mario, qu'est-ce que je viens de te dire?

— Monsieur Lapin-Dicitte... oh, veuillez encore m'excuser, monsieur Leboeuf-Bourguignon. Vous comprenez, c'est ma mémoire, elle me fait si souvent défaut. Depuis ma naissance que c'est comme ça, mon pauvre monsieur Raton-Dupoulet...

— Il me semble pourtant avoir été assez clair, Mario. Continue ainsi et c'est chez la directrice que tu vas te retrouver.

— ... Et malheureusement, mon cher monsieur Lamère-Chèvrefils, personne ne peut rien pour corriger ça.

— Mario...

— Mais cessez donc de vous inquiéter pour moi, monsieur Lepoisson-Desrivières. Là, maintenant, je sens que la mémoire m'est revenue. Je me souviens même très bien de votre nom, cher monsieur César Lemarin-Gouin...

— ... C'est vraiment le dernier des derniers avertissements que je te donne...

— Bon, ça va, ça va, l'interrompt encore le brutannosaure. Mais je tiens à dire que ce n'est pas moi qui ai commencé. Ce n'est jamais moi qui ouvre le bal. C'est toujours elle, c'est toujours la Crotte qui me provoque. Depuis toujours, elle fait exprès de...

— Mario Brutal, parole de Romain Lelièvre-Latortue, je ne permettrai pas qu'on se crie des insultes dans cette classe. Encore une seule syllabe et c'est la porte. Là, ma patience a vraiment atteint ses limites.

Non sans rechigner, Mario Brutal finit par se taire. En apparence, seulement!

— Je trouverai bien le moyen de te

remettre à ta place, murmure le tyrannosaure dans ma direction.

— En attendant la fin de la journée, ne puis-je m'empêcher de lui répondre, mets donc tes souliers. Tu nous éviteras ainsi de mourir asphyxiés. Et toi, la Charlotte, cesse donc de l'encourager. Tu ne trouves pas qu'il est assez épais comme ça, ton beau brutannosaure puant?

— Mais, poutine de bon sang, êtes-vous sourds? crie alors un Romain sorti de ses gonds. Toi, Ani Croche, tu te tais ou je t'envoie immédiatement au bureau de Mme Avril-Printemps!

Pourtant, depuis le début de la semaine, je m'étais promis de ne pas perdre mon sang-froid. Une belle résolution! Mais plutôt difficile à tenir!

Pour me calmer, je fais ce que mon père m'a déjà expliqué. Je me pince l'avant-bras — pas violemment, bien sûr! — et je respire lentement et profondément.

Peu à peu, je sens ma colère diminuer.

Même si certaines injures se rendent jusqu'à mes oreilles, j'arrive à rester de marbre.

— Compris, là, Nini? J'espère que tu m'as bien compris, la Crotte? Cette année, tu te mêles de tes affaires parce qu'autrement...

Cause toujours, mon épais!

— Bon, maintenant, reprenons où nous en étions. Mais au fait, quelqu'un pourrait-il me dire où on en était déjà? se demande à haute voix notre pauvre prof.

On voit bien que Romain Lelièvre-Latortue n'a pas l'habitude des incidents de ce genre. Malheureusement, s'il ne veut pas passer une année d'enfer, il devra s'y faire.

Une plaie comme Mario Brutal, ça ne laisse de répit à personne. Bien tenace, une telle plaie! On a beau encore et toujours la gratter, elle continue à nous piquer.

Atrocement!

En réponse à Romain, les yeux de la classe entière se tournent vers Vincent-Émile Milliard. Nerveusement, celui-ci est en train d'écrire. Pour lui, on dirait que le reste du monde n'existe plus. Et la présentation à faire? Notre nouveau croit-il pouvoir s'en sauver aussi facilement?

À la surprise générale, Vincent-Émile est debout. En quelques enjambées, il traverse la classe. Plus courageux que je ne le pensais, ce Vincent-Émile Milliard!

Une fois devant Romain, il se retourne brusquement pour nous faire face. Pendant quelques instants, même s'il rougit, il

parvient à nous regarder. Dans sa main gauche, il triture quelque chose.

Sans autre préambule, Vincent-Émile déplie alors un papier légèrement froissé. La voix tremblotante, il entreprend la lecture de ce qui est écrit sur sa feuille quadrillée:

Cher nouveau professeur Romain
en ce beau vendredi matin
ce que je souhaite beaucoup
à ma classe Rouge Volcan
c'est une note qui souvent
sera tout près du cent pour cent.

Mais ce que j'aimerais surtout
et pour le dire j'en rougis
serait de devenir l'ami
de la belle et charmante Ani
cette fille bien exemplaire
qui a vraiment tout pour me plaire.

Chapitre IV
Des munitions
à la tonne

Que j'en croie mes oreilles ou pas, ça ne change rien à ce qui vient de se produire. Comme une traînée de poudre, ce charmant poème va maintenant se répandre partout.

Grâce aux bons soins de Milliard, l'apprenti poète, toute l'école Les Rayons de Soleil apprendra rapidement l'heureuse nouvelle. J'entends déjà cette bande de primaires s'amuser à lancer les plus folles rumeurs.

— Puisque je te le dis, Ani Croche est en amour avec le nouveau... C'est sûr à cent pour cent... Elle a tout pour lui plaire, la chère Crotte... Petite cachottière, va... Allez donc savoir ce qu'il peut bien lui trouver à la laideronne... Oui, oui, je les ai même déjà vus s'embrasser...

Alors, chapeau bas, Vincent-Émile Milliard! Si tu penses que je suis une fille exemplaire, tu me permettras, à mon tour, de te trouver exceptionnel.

Vraiment exceptionnel!

Je me retiens de ne pas te crier des vingtaines de centaines de milliers de milliards de fois bravo!

On peut dire que toi, Vincent-Émile Milliard, tu maîtrises l'art de donner un bon coup de massue. À la vitesse de l'éclair et à la perfection, je peux te l'assurer!

Au panthéon des gaffeurs, tu viens de remporter haut la main une place de choix. D'ailleurs, il ne faudrait pas hésiter à inscrire ton exploit dans le livre des records Guinness. À l'article de la déclaration d'amour la plus rapide de l'année.

À quand la demande en mariage?

Pour bientôt, j'en suis sûre.

On pourra alors s'épouser devant toute la classe. Puis s'envoler aussitôt! Ce sera bien mérité, ce voyage de noces exemplaire qui aura tout pour te plaire.

Quel délicieux spectacle on offrira alors à la Rouge Volcan!

Vraiment de quoi alimenter le tyrannosaure toujours affamé! Et de quoi régaler cette bande de bébénosaures de sixième année!

Mais, Vincent-Émile, à quoi as-tu donc pensé?

D'abord et avant tout, je dois te dire une chose: je sais ce que tu peux ressentir. Tu n'es pas le premier garçon qui a le coup de foudre pour moi. Et tu ne seras sûrement pas le dernier, non plus! Que veux-tu, je n'y peux rien, c'est ainsi.

Mais les garçons savent tenir leur langue. Avant d'étaler tes états d'âme, il me semble que tu aurais pu m'en parler. Dans ta fougue, as-tu noté que tu as oublié de consulter la principale intéressée?

Trop élémentaire pour toi, mon cher Milliard?

Ta demande, tu aurais dû la faire dans l'intimité de nos quatre yeux. N'importe où, n'importe quand, mais surtout pas publiquement!

Remarque que j'aurais peut-être refusé ta proposition. Ou accepté, pourquoi pas?

À certaines conditions, bien sûr. Mais là, au moins, nous aurions pu en discuter avec franchise. À l'abri des regards fouineurs et des oreilles indiscrètes.

Si tu avais pris la peine de réfléchir, tu n'aurais pas agi de la sorte. Tu as oublié qu'on doit passer toute une année à côtoyer une bande de bébénosaures. Pour qui le simple mot «ami» est synonyme de «grand amour».

Vois-tu, Vincent-Émile Milliard, qu'on le veuille ou non, on fréquente encore l'école primaire. Au cas où tu ne t'en souviendrais plus, je te rappelle que le secondaire, ce n'est pas avant le mois de septembre prochain.

À cause de ta maladresse, les pots cassés seront maintenant difficiles à recoller. Ne compte donc pas sur moi pour t'accorder une note de cent pour cent.

Ah, je n'en reviens pas comme je suis choyée!

Cette fin du primaire a drôlement bien démarré!

L'année vient à peine de commencer et je suis déjà piégée! Le tyrannosaure n'avait pourtant pas besoin de ces munitions additionnelles pour se payer ma tête. Ni lui ni sa bande de lécheurs de bottines!

Au moins, si je pouvais tout effacer!

Oui, oui, il faut le faire, j'efface tout et je recommence. Au fond, ce n'est peut-être pas si grave que ça.

Ouf! enfin midi!

Dehors au plus vite, car j'ai un urgent besoin de m'aérer l'esprit.

Avant d'aller tout raconter à ma meilleure amie.

***

— Puisque je te dis, Myriam, que c'est le roi des gaffeurs.

— Mais voyons, Ani, tu ne trouves pas que tu exagères encore? Tu ne vas quand même pas te plaindre qu'on t'aime trop. Parce que là, vraiment, je...

Pendant que j'écoute Myriam, je vois Mario Brutal et Charlotte Russe. Dès que Miss Calamité m'aperçoit, elle pointe le doigt vers moi. Et elle se met à rire à gorge déployée.

Comme je l'avais pressenti, la Belle abrutie et la Bête puante s'amusent déjà à mes dépens. Entraînant à leur suite toute

la bande des bébénosaures.

Quelle chimère c'était de penser pouvoir tout effacer! Recommencer à neuf? Sûrement pas, car la réalité vient de se charger de me ramener les deux pieds sur terre.

Mon brillant gaffeur mérite de nouvelles félicitations. Mais cette fois, à la centième puissance! Après tout, grâce à ses bons soins, ne suis-je pas la risée de toute la classe et même de toute l'école?

— M'écoutes-tu quand je te parle, Ani?

— Oui... oui... Myriam, continue, je t'écoute.

— Ani, j'avoue que je ne te comprends plus. Tu passes ton temps à vouloir que tous les gars soient amoureux de toi, vrai ou faux?

— Myriam, ce n'est pas si simple, je vais t'expliquer.

— Réponds-moi, Ani, vrai ou faux?

— Je dirais plutôt que la plupart des gars deviennent facilement amoureux de moi. Mais ce n'est pas de ma faute, Myriam, ça se passe comme ça.

— Peu importe, Ani. Là, si j'ai bien compris, il y en a un qui vient de te faire la grande déclaration.

— Oui, oui, on ne peut pas être plus clair que ça.

— Alors, tu devrais être contente, tu devrais nager dans le bonheur, rayonner comme un soleil de mai. Au contraire, tu sembles malheureuse de la tournure des événements.

— Ce n'est pas ça, Myriam, tu ne comprends pas.

— Tu as bien raison, je ne te comprends vraiment pas. Mais qu'arrive-t-il donc à ma meilleure amie? me lance Myriam.

Tout en posant sa question, Myriam mime une grande tragédienne. Elle appuie le revers de sa main sur son front plissé et prend un air grave.

— Tu peux bien t'amuser. N'empêche, Myriam, que j'aimerais voir ce que tu ferais à ma place.

— À ta place? Es-tu sérieuse? Mais n'importe quand, Ani, je vais la prendre, ta place. Tout de suite, si tu veux. Passe-le-moi, ton roi des gaffeurs. Moi, j'aimerais tellement ça qu'on me fasse une déclaration d'amour. Et j'insisterais même pour que ce soit devant la planète entière.

— Tu es folle, Myriam...

— Comment ça, folle? Réveille-toi,

Ani, et vois la chance que tu as. Moi, dans la Jaune Tournesol, je n'ai rien trouvé d'intéressant. Une année mortelle m'attend. Alors, toi, cesse de te plaindre le ventre plein...

La cloche vient de sonner.

— Bon, Myriam, on doit se laisser. On en reparle à la récréation.

Si on était dans la même classe aussi, ce serait tellement moins compliqué. On pourrait se voir plus souvent et on continuerait à bien se comprendre. Tandis que là, il faudra faire un effort pour ne pas se perdre de vue.

Comme je l'avais prévu, Myriam sera si proche et trop loin à la fois!

Chapitre V
Les pendules à l'heure

Maintenant treize heures!

Quand je fais mon entrée dans la Rouge Volcan, je n'aperçois pas Romain. La cloche a sonné, notre prof devrait être là.

Devant la classe, à la place de Romain Lelièvre-Latortue, j'aperçois le trio infernal. Mais que font donc là Miss Calamité, la Belle au Bois dormant et le crétin de brutannosaure?

Je ne tarde pas à l'apprendre. De leurs trois bouches à l'unisson!

Oyez, oyez, il faut écouter
l'histoire du chouchou à Milliard
et de cette Crotte exemplaire
qui étonnumment a su lui plaire.

Oyez, oyez, il faut l'avouer
et sur tous les toits bien le crier
Nini la Crotte, c'est à ton tour
de flotter cent pour cent en amour.

Oyez, oyez, toi la cachottière
il est temps de cesser de te taire
et devenue folle de Milliard
maintenant tu devrais le marier.

Leur chanson à peine terminée, les membres du trio infernal s'approchent de moi.

Tout en me lançant une poignée de confettis, ils entonnent en choeur:

— Vive la mariée...! Vive la mariée...!

Au même moment, un tonnerre d'applaudissements explose dans la Rouge Volcan.

Mais où est donc passé ce Lelièvre-Latortue?

— Moi, le petit brillant, ce n'est pas tout à fait mon genre, enchaîne la Belle au Bois dormant. Alors, tu n'as pas à t'inquiéter, je ne te ferai pas de concurrence.

J'espère que notre prof n'est pas un autre de ces éternels retardataires.

— Mais tous les goûts sont dans la nature, pas vrai? continue Isabelle. D'ailleurs, les goûts, on ne devrait jamais discuter de ça. Mais j'aimerais bien savoir ce qu'en pense notre toute nouvelle amoureuse.

Je n'ai jamais autant désiré faire une dictée qu'en ce moment. Ou voulu résoudre un problème de mathématiques. Aussi difficile qu'il soit!

— Mais attention à toi, la Crotte à cent pour cent, enchaîne le valeureux brutannosaure. Sous l'influence de ton vingt sur vingt, tu risques de devenir une aussi bonne téteuse de prof que lui. Non, mais vous l'avez entendu, le téteux de cent pour cent? Des...

Du calme, Ani, du calme!

Ah, cher secondaire, si tu savais comme j'ai hâte de pouvoir te fréquenter! Mais là, j'ai vraiment l'impression que je n'arriverai jamais à t'atteindre.

— ... mon cher nouveau professeur Romain par-ci... des je souhaite des notes de cent pour cent par-là... continue le tyrannosaure. Non, mais qu'est-ce qu'il lui prend, à ce téteux, de souhaiter cent pour cent à toute la classe? La Crotte, il faudrait absolument que tu lui parles dans le creux de l'oreille, ça le calmerait sûrement.

C'est sûr, je rage, j'ai le goût de crier ma façon de penser à cette herbe à poux de brutannosaure! Je lutte férocement contre mes impulsions.

— Arrête donc de rougir, tu as le droit
de l'aimer, ton petit Milliard, ajoute Mario,
sans doute excité par le rire généralisé de

la classe. Oui, tu as le droit de l'aimer, même si c'est une vraie poire, ton petit chouchou de cent pour cent.

Il n'est pas question de commencer à protéger ce Vincent-Émile Milliard contre les attaques du brutannosaure. Ce serait avouer publiquement que je suis amoureuse de lui.

Et ça, jamais!

Alors, je ne dois pas me laisser atteindre par les propos de ce minable tyrannosaure. Si je m'emporte, je prends le risque que la machine infernale des rumeurs s'amplifie.

— Laisse-la donc tranquille, Brutal. Sais-tu que tu pues la jalousie à cent kilomètres à la ronde?

Non, pas possible!

— Moi, à ta place, j'irais m'amuser dans le carré de sable de la maternelle.

Une nouvelle fois, les pieds dans les plats!

Pire, dans les sables mouvants!

— Je suis persuadé qu'il y a des beaux dinosaures en plastique qui seraient heureux de jouer avec un de leurs ancêtres. Un tyrannosaure bien vivant, ce serait un si beau cadeau à faire à tous ces petits bouts de choux.

Il faut quand même admettre qu'il a de l'esprit, ce Vincent-Émile Milliard! Mais ce n'est pas une raison suffisante pour relancer la Brute.

Et puis, pour dire la vérité, ce garçon me tombe royalement sur les nerfs. Non, mais c'est vrai, quand va-t-il finir par comprendre qu'il ne doit pas se mêler de mes affaires?

Pourquoi être si insistant et toujours chercher à me protéger? Ce brillant cent pour cent croit-il que je suis incapable de me défendre? Je n'ai jamais eu besoin de personne pour remettre le brutannosaure à sa place. Et ce n'est pas maintenant que je vais commencer.

— Toi, le bâtard à Milliard, tu ferais mieux de te tenir tranquille, réplique un Mario toujours aussi subtil. Moi, les chouchous, je les aime bien silencieux. Surtout quand ils ressemblent à des poires comme toi.

— Brutal, tu sauras que j'aime cent fois mieux les choux et les poires que la viande avariée. Mais comme disait Isabelle, les goûts ne sont pas à discuter, n'est-ce pas? Et puis, laisse donc Ani tranquille: les fleurs ont encore plus le droit de vivre que les tyrannosaures.

— Écoutez-le, tout le monde, réplique le brutannosaure. À en croire notre chouchou national, Nini serait une fleur. Mais réveille-toi donc, la poire des chouchous. La Crotte, c'est juste un gros paquet de mauvaise herbe.

Je n'ai plus le choix de remettre les pendules à l'heure. Pour aucune considération, je ne dois paraître solidaire de ce cent pour cent.

La fleur des gaffeurs doit donc être remise à sa place.

En même temps, cependant, que ce pissenlit de brutannosaure!

D'une pierre deux coups!

— Écoute bien, Milliard, mêle-toi de tes affaires. Tu sauras que je n'ai pas besoin de toi pour me protéger. Ni de personne d'autre, d'ailleurs!

— Allez donc, rien de mieux qu'une bonne scène de ménage, me lance la grande Charlotte en personne.

L'interruption de Miss Calamité ne m'empêche pas de continuer à faire ma mise au point.

— Vincent-Émile, je suis peut-être une fleur, mais tu sauras que j'ai aussi des épines pour me défendre. Et ce n'est sûrement pas maintenant que le tyrannosaure à Mario va commencer à me faire peur.

Malgré les applaudissements nourris des bébénosaures, je parviens à terminer mon envolée.

— Non, moi, si j'étais à ta place, Milliard, j'étudierais bien fort pour obtenir mon cent pour cent. Et je ne perdrais plus mon temps à vouloir secourir quelqu'un qui n'a vraiment pas besoin d'être secouru.

— Tu vas me trouver curieuse, Nini, réplique la Charlotte, mais il y a quelque chose que j'aimerais savoir. Alors, je te pose la question.

Avant de lancer sa question, Miss Calamité fait signe aux bébénosaures de se taire. Aussitôt satisfaite, elle peut s'exécuter.

— Nini, quand le Milliard de ton coeur t'embrasse, est-ce qu'il mérite une note de cent pour cent? Ou un beau gros zéro, comme je le crois?

Trop, c'est trop!

— Toi, la Charlotte, garde donc ta salive pour lécher les pieds de ton brutannosaure...

— La Crotte, rugit Mario Brutal en me coupant la parole, tu vas voir ce que je vais faire à...

Fort heureusement, Romain entre dans la classe. Peu à peu, le calme revient. J'ai le goût d'engueuler notre tortue de prof d'être ainsi en retard.

En effet, il me semble que Romain n'a pas le droit de négliger ainsi ses respon-

sabilités. Quand on est en charge d'un tyrannosaure notoire, il faut toujours être prudent.

Et alors, n'est-ce pas la moindre des choses de ne jamais le perdre de vue?

Si on pouvait...

Oui, une bonne fois pour toutes, si on pouvait enchaîner les partisans de la stupidité. Gars ou filles, hommes ou femmes, jeunes ou vieux, peu importe!

Attachons les artisans de la bêtise humaine!

Mais y aurait-il assez de chaînes sur cette planète pour bien remplir cette mission?

J'en doute.

Chapitre VI

Du nouveau
dans l'affaire Milliard

Enfin la récréation!

Au plus tôt, je dois dénicher Myriam.

Une seule petite récréation pour lui raconter tout ce qui vient de se produire, c'est bien court. Mais j'ai beau chercher Myriam, elle demeure introuvable.

Brusquement, je m'imagine qu'elle s'est fait de nouvelles amies. Pire, qu'elle m'a même déjà oubliée! Si c'est le cas, je n'arriverai jamais à lui pardonner.

Une meilleure amie, ça se doit d'être toujours présente. Et encore plus, il me semble, quand on a vraiment besoin de lui parler! Autrement, je me demande à quoi ça peut bien servir d'en avoir une.

Je m'inquiétais sans raison.

En effet, sortant à toute vitesse de l'école, Myriam accourt.

— Excuse-moi, Ani, me dit-elle, tout essoufflée. Avec ma prof Juliette Descoeurs-Soumis, j'ai dû faire un peu de ménage dans la classe avant de sortir. Bon, maintenant, passons aux choses sérieuses. Et puis, Ani?

— Et puis quoi, Myriam?

— Sadique, ne me fais pas languir. Ne viens pas me dire qu'il n'y a rien de nouveau dans l'affaire Vincent-Émile Milliard. Alors, dépêche-toi de me raconter. Allez, allez, Ani, grouille-toi parce qu'il ne reste presque plus de temps avant la fin de la récréation.

— Trop peu de temps, Myriam. Je ne suis même pas sûre de pouvoir commencer...

— Ani, m'interrompt Myriam, au moins, commence-la tout de suite, ton histoire. S'il le faut, tu la continueras après l'école.

J'arrive à résumer à mon amie ce qui vient de se passer dans la Rouge Volcan.

— Non, Ani, il n'a pas fait ça? Eh bien, bravo, s'il a osé remettre le brutannosaure à sa place.

— Mais, Myriam, comprends donc qu'il n'avait pas à prendre ma défense. Remettre Mario à sa place, ça va. Mais pourquoi vouloir me protéger à tout prix? Je ne lui ai rien demandé, moi.

— Ani, c'est bien simple à expliquer. Ce Vincent-Émile Milliard est follement amoureux de toi. Il a eu un vrai coup de foudre, comme on en voit dans les grands films d'amour.

— Myriam, je t'en prie. Tu ne vas pas, toi aussi, m'agacer avec ça.

— Ah! que la vie est injuste! reprend mon amie, d'un ton ironique. C'est toujours les mêmes qui ont les fleurs en sucre sur leurs morceaux de gâteau.

— Myriam, je te demande d'essayer de me comprendre, pas de me trouver chanceuse. Si je me montre le moindrement intéressée, je vais passer le reste de l'année à me faire niaiser. Comprends-tu ça, au moins?

— Ani, je comprends très bien ce qui t'arrive. N'empêche que moi, si j'étais à ta place, je choisirais de me laisser aimer.

— Et veux-tu bien me dire ce que je ferais alors de Mario et de sa bande de bébénosaures?

— Tu t'en fous, Ani, tu t'en fous complètement...

Encore la cloche qui vient nous séparer.

— Facile à dire, Myriam, bien facile à dire.

— Facile à faire, Ani, bien facile à faire, me répond ma meilleure amie du tac au tac. Essaie ce que je te dis, tu m'en donneras des nouvelles.

Maintenant, il faut se laisser.

— Ah oui, Myriam, ne m'attends pas après l'école. Je dois aller sans faute remettre des livres à la bibliothèque. Je n'ai vraiment pas les moyens de payer l'amende.

— On se téléphone plus tard, me lance alors Myriam, en courant rejoindre son groupe Jaune Tournesol.

Sacrée Myriam, elle est bien chanceuse! Pour elle, il n'y a jamais de problème! Seulement des solutions!

***

Seize heures.

Ouf, la première semaine de ma derniè-re année du primaire est enfin terminée!

Au son de la cloche, sans perdre une seconde, je me précipite vers la biblio-thèque municipale. Je dois y remettre les trois bouquins que j'ai empruntés la se-maine dernière pour ensuite me consacrer à cet immense plaisir d'en choisir de nou-veaux.

Que j'adore flâner dans ces murs, à la recherche de la perle rare! Au milieu de ces milliers de livres, je me sens heureuse. C'est sûr, je n'aurai jamais assez d'une vie pour arriver à tous les lire.

Mais cette constatation ne m'a jamais découragée, bien au contraire. J'ai même toujours trouvé rassurant de savoir que je ne manquerai jamais de lecture.

Mes choix faits, je me dirige tranquille-ment vers la sortie de l'immeuble. Pour me rendre à la maison, j'emprunte la rue Desmarteaux-Pilon.

En m'approchant du parc Cartier-de-Maisonneuve, j'aperçois un attroupement. Rien de bizarre là-dedans! Il faut bien que

les jeunes s'amusent quelque part. J'imagine d'ailleurs un choeur d'adultes heureux
proclamer bien fort: «Il vaut mieux que les

enfants passent leur temps dans un parc plutôt que dans des endroits enfumés.»

Tout à coup, je suis méfiante. C'est que je viens d'apercevoir la silhouette de Mario Brutal. Et ce n'est pas dans les habitudes du brutannosaure de se promener dans le parc Cartier-de-Maisonneuve.

Autour de lui, je reconnais une bonne dizaine d'autres élèves de l'école. Y compris, il va sans dire, l'inévitable Miss Calamité en personne!

Tout en surveillant Mario et ses disciples, je prends bien soin de me cacher derrière une grosse poubelle verte. C'est évident, je ne veux pas avoir encore affaire à mon ennemi juré.

Cette semaine est déjà assez mouvementée! Sans chercher à en rajouter!

Puis la voix du seul et unique brutannosaure résonne dans mes oreilles.

— Allez, allez, la poire des chouchous, grouille-toi. Bouge-la donc, ta viande à cent pour cent avariée.

Décidément, le tyrannosaure et sa bande de bébénosaures sont de nouveau en pleine action.

Mais qu'est-ce qu'ils font exactement?

Au milieu du groupe, je vois alors

Vincent-Émile Milliard qui se débat. Tant bien que mal, il essaie d'attraper son sac d'école.

Aussitôt que Vincent-Émile va mettre la main dessus, on lance le sac en direction d'un autre bébénosaure. Et ainsi de suite, jusqu'à épuisement!

Quel jeu stupide!

Tous contre un, bande de lâches!

Digne d'une nouvelle ère jurassique de gros bras et de petits cerveaux! Époque bien lointaine qu'on ne devrait pas déterrer. Sauf au cinéma, pour nous divertir. Ou encore dans les musées, pour nous instruire.

— Eh, la Crotte, qu'est-ce que tu fais là? Je ne savais pas que tu habitais maintenant dans une poubelle.

Ah non, le tyrannosaure vient de me voir!

— Allons, allons, sors de ta cachette, continue-t-il à me crier. Et viens donc aider ton braillard de chouchou à récupérer son sac d'école.

Comment ai-je pu imaginer que j'échapperais aussi facilement à cette plaie brutannosaurienne? Bien téméraire de ma part d'y avoir même songé!

— Si tu l'aides, la Crotte, il va sûrement vouloir t'offrir un bouquet de roses
pour te remercier. Après tout, n'es-tu pas

sa petite fleur bien-aimée?

Dans toute cette cohue, j'entends le rire imbécile de la Charlotte. La plus nouille des sottes se permet d'entrer dans cette valse des pires lâchetés.

— Oui, c'est le temps ou jamais de prouver à ton pauvre petit chéri que tu l'aimes. Nini, il faut au plus vite que tu viennes le consoler. Sinon, je sens que, très bientôt, il va se mettre à pleurer.

Je voudrais bien intervenir, mais ce n'est pas si simple que ça. Malgré tout ce que peut en dire ou en penser mon amie Myriam Lacasse!

— Il est si sensible, ton petit Vincent-Émile, continue de plus belle Miss Calamité. Et sans son sac d'école, il fait tellement pitié. Et puis, il faut le comprendre, le pauvre chou: sans ses chers livres, impossible d'avoir cent pour cent.

Là, si je me porte à la défense de ce Vincent-Émile Milliard, de quoi j'aurai l'air tout au long de l'année? Et que vont continuer à raconter les bébénosaures de l'école Les Rayons de Soleil?

Sûrement que je pense toujours à ce prince des gaffeurs! Et que je suis éperdument amoureuse de ce brillant cent pour

cent! Amoureuse au point que j'ai eu l'air
d'une vraie folle en lui venant en aide.

Non, non et non!

— Ah, que c'est malheureux! lance à son tour Mario, au milieu du brouhaha. Le sac d'école de la fleur des chouchous vient de s'ouvrir.

Partout, dans tous les corridors, place à la complainte des amours passionnées de Nini la Crotte et de son valeureux cent pour cent!

Cette rumeur n'en finira plus de revenir me hanter. Non, je n'ai pas l'intention de passer une année entière à me faire harceler par de telles stupidités.

— La Crotte, les livres du braillard, tu devrais tout de suite venir les ramasser, rajoute le brutannosaure. En même temps, tu pourrais lui réciter des beaux poèmes. Je suis sûr que ça plairait à ton cent pour cent.

D'ailleurs, à qui la faute si je me sens aussi impuissante à agir? Sûrement pas la mienne! Non, dans toute cette histoire, c'est bien l'apprenti poète qu'il faut blâmer.

Si ce Vincent-Émile Milliard avait su tenir sa langue, peut-être que tout serait encore possible.

En somme, il ne faut pas perdre les choses de vue. D'abord, ce Vincent-Émile n'avait pas à révéler ses intentions à toute la classe. Ensuite, il n'aurait jamais dû prendre ainsi ma défense publiquement.

Et puis on ne doit quand même pas exagérer ce qui est en train de se passer. À ce que je sache, personne n'est jamais mort pour s'être fait enlever son sac d'école.

Surtout que Vincent-Émile Milliard finira bien par le récupérer. Alors, je suis sûre que ça ne l'empêchera pas de décrocher un cent pour cent au prochain examen.

Le choix s'impose donc de lui-même.

Au plus vite, je dois m'éloigner de ce parc Cartier-de-Maisonneuve! Et m'enfuir à toutes jambes... de son air vicié!

Chapitre VII
En plein coeur du doute

Au bout d'une dizaine de minutes, je me retrouve chez moi.

En mettant la clé dans la serrure, je m'aperçois que j'hésite à entrer. Un énorme doute vient de me traverser l'esprit. Et une question ne cesse de me marteler le cerveau.

«Ani, en agissant comme tu l'as fait, crois-tu vraiment que le crétin de brutannosaure va te ficher la paix?»

La réponse reste la même, implacable.

«Sûrement pas!»

Il est grand temps que je comprenne que Mario Brutal cherchera toujours à faire de moi un objet de risée. Et peu importe comment j'agis.

Que je me préoccupe ou non de ce qui arrive à Vincent-Émile Milliard, ça ne changera rien au comportement du brutannosaure. À ses yeux, je suis condamnée à être la Crotte à cent pour cent.

Et pour l'éternité!

Peut-être que je serai toujours une Crotte pour le tyrannosaure puant! Mais là, je me rends compte que quelque chose de plus grave vient de se produire.

En effet, je me sens devenir une crotte de poule mouillée pour moi-même! Et ça, c'est beaucoup plus sérieux que toutes les injures que pourra jamais imaginer le crétin de pissenlit jurassique!

Beaucoup trop sérieux, à vrai dire!

En même temps, je pense que ce serait trop bête de m'enfoncer ainsi dans cette idée. Non, vraiment, je ne tiens pas à être de la racine crottée de pissenlit. Ni à appartenir à la race des poules mouillées.

C'est décidé, je dois retourner au parc Cartier-de-Maisonneuve. Le temps de déposer mon sac d'école, et le tyrannosaure n'a qu'à bien se tenir. Et son groupe de suiveurs aussi, d'ailleurs.

De ce pas, je vais leur crier qu'ils sont tous des lâches. Que c'est une véritable honte de s'attaquer en bande à un seul individu! Ensuite, je n'oublierai pas d'apostropher Mario Brutal: «Tu sais que si les tyrannosaures revenaient sur terre, ils auraient honte de toi. Tes ancêtres étaient

peut-être voraces, mais eux, au moins, ils ne devaient sûrement pas être lâches comme toi.»

J'inviterai aussi la Charlotte à lancer une grande opération de nettoyage. En tant que présidente du fan-club de Mario, elle a d'importantes responsabilités. Dont celle de veiller à toujours bien parfumer son brutannosaure préféré. Même si je sais qu'il est bien difficile de camoufler des odeurs de viande avariée.

D'un souffle, je mettrai les points sur les *i* et les barres sur les *t* à cette Miss Calamité: «Vraiment, tu te laisses aller, Charlotte. Pourtant, tu ne devrais jamais négliger ainsi tes devoirs de cruchonne. Et puis, si tu n'y arrives plus toute seule, fais-toi aider par la Belle au Bois dormant. Pour laver des gros pieds sales, rien de mieux que de longs cheveux blonds, tu ne trouves pas?»

Quant à cette bande de bébénosaures qui suivent aveuglément leur brutannosaure de Mario, je devrais leur cracher à la figure. Mais je ne leur ferai pas cet honneur. Parce que ma salive est plus brillante que tous leurs cerveaux réunis.

Cent millions de milliards de fois plus!

Au loin, j'aperçois le parc Cartier-de-Maisonneuve. Je me rends compte que plus j'avance et plus je suis nerveuse.

J'en suis certaine, j'en aurai long à dire. Oui, Mario, je tiens à t'avertir d'une chose: la crotte de poule mouillée a maintenant des ailes. Et désormais, Nini la Crotte n'a plus l'intention de garder sa langue dans sa poche.

Il est plus que temps que moi, Ani Croche, je remette la bêtise à sa place. D'ailleurs, je n'aurais jamais dû la laisser prendre racine.

Malheureusement, je dois vite déchanter.

J'ai beau chercher partout dans le parc, je ne vois ni le tyrannosaure ni sa bande de bébénosaures. Et je n'entends pas le rire imbécile de Miss Calamité! Pas la moindre trace, non plus, de Vincent-Émile Milliard!

Parmi les feuilles mortes, j'aperçois pourtant un morceau de papier chiffonné. Je le ramasse machinalement avant d'aller m'asseoir.

Devant moi, dans les balançoires, de jeunes enfants s'amusent. Ils s'envolent toujours plus haut. Une fois dans les airs, ils ne cessent de crier leur plaisir.

Les chanceux!

Voir ces enfants heureux me rend encore plus triste. Déçue et épuisée, je pense

à Vincent-Émile Milliard. Et au fait que
j'ai laissé Mario Brutal l'humilier!

J'ai peut-être sauvé la face, oui!

Mais j'ai bêtement permis au brutannosaure d'imposer sa loi. Et au lieu de me
faire un nouvel ami, je viens probablement
d'allonger la liste de mes ennemis.

Pas de quoi être fière!

Je me sens laide, laide et odieuse!

Oui, je suis une jeune fille laide, odieuse et lâche qui fait désormais partie de la

race des sans-coeur. Oui, je suis maintenant une peureuse de la pire espèce qui n'a plus rien dans les tripes.

C'est évident, je ne vaux guère mieux que de croupir dans de la crotte de poule mouillée. Ce sort est certainement triste, mais je l'ai grandement mérité.

Incapable de rester une seconde de plus dans ce parc de malheur, je me lève. Je décide de retourner chez moi au plus vite afin de parler de tout ça avec quelqu'un.

Avec Myriam. Non... non... pas vraiment avec Myriam!

C'est plutôt à Olivia que je sens le besoin d'aller tout raconter. Oui, tout raconter à ma fidèle confidente qui toujours m'écoute, toujours me comprend, toujours m'accepte.

Et jamais ne me juge!

Épilogue
Une fleur planétaire

Là, Olivia, tu peux te vanter de tout savoir.

Tu as pourtant l'impression que je te cache encore quelque chose? Mais voyons donc, ma petite chérie, qu'est-ce qui te fait croire ça?

Bon, d'accord, tu n'as pas besoin d'insister. Dans mon récit, je veux bien admettre que j'ai volontairement omis un détail. Tu te souviens, je t'ai parlé d'un morceau de papier que j'ai ramassé dans le parc?

En fait, sur ce papier, il y avait le poème que Vincent-Émile Milliard m'avait lu dans la classe. Oui, oui, écrit de sa main sur une feuille quadrillée maintenant chiffonnée et salie.

Je le sais bien, Olivia, que ce n'est pas un détail. Mais que veux-tu? J'essaie en vain d'effacer de ma mémoire ce que j'ai fait. Ou plutôt, dans toute cette histoire, ce que je n'ai pas osé faire.

Tu veux vraiment savoir si je regrette de ne pas être intervenue à temps? Mais quelle question, Olivia! Bien sûr que je le regrette, et amèrement!

Mais des regrets, ma petite chérie, tu sais comme moi que ça ne suffit pas. Et puis, à présent que le mal est fait, penses-tu qu'il soit encore possible de réparer les pots cassés? Dis-le-moi franchement, je te promets d'être courageuse.

Non, c'est évident, tu n'as pas besoin de m'expliquer ça. Je me doute bien que les liens avec Vincent-Émile ne seront pas faciles à rétablir.

Mais on s'entend là-dessus, Olivia: je ne peux pas rester ainsi à ne rien faire. Ce serait trop imbécile de ne pas tenter quelque chose. Au moins une fois.

Tu crois vraiment, ma petite chérie, que je devrais foncer? Oui, et sans me soucier du tyrannosaure, de Miss Calamité et de leurs gnangnans de bébénosaures. Ils penseront et raconteront bien ce qu'ils voudront.

Si j'y arrive, Myriam sera fière de moi.

Toi aussi, Olivia, tu le seras? Je m'en doutais, mais merci quand même de me le dire.

Lundi matin, direction Vincent-Émile Milliard! Un sens unique sans feu rouge! Devant toute la classe, je lui remettrai alors son poème. En même temps, je lui ferai ma proposition.

Si Vincent-Émile Milliard le désire toujours, je deviendrai son amie. Bien sûr, son amie comme dans le mot «amitié». Pour commencer, ça suffit largement.

Sans perdre de temps, on sonnera alors la charge d'une grande croisade contre la sottise. À deux, on arrivera bien à clouer le bec au crétin de brutannosaure.

Je ne doute pas un instant qu'on se fera de nombreux alliés dans la classe. Et même dans l'école! Il n'est pas question de refuser le moindre combattant qui sera prêt à lutter contre la bêtise tyrannosaurienne.

Ensemble, nous libérerons la Rouge Volcan des odeurs jurassiques qu'on la force à respirer. C'est vrai, Olivia, notre pauvre sixième année mérite un bien meilleur sort. Moi aussi, d'ailleurs!

Je t'assure que je vaux plus que mes récents exploits. La nouvelle Ani Croche n'a rien à voir avec de la crotte de mauvaise herbe.

Et puis, après tout, Olivia, pourquoi ne pas accepter d'être une fleur? Une fleur devenue peut-être plus inquiète et plus fragile. Mais encore bien en vie.

Au fond, Olivia, je ne devrais pas m'inquiéter.

Une fleur comme moi n'a pas à passer ses journées à la boutonnière d'un brutannosaure. Pas plus, d'ailleurs, qu'à la boutonnière de personne d'autre!

Oui, je veux bien être une fleur. Mais seulement une de celles qui fleurissent dans le grand jardin de la vie.

Est-ce trop demander, Olivia?

Tu le penses vraiment que j'ai le droit de vouloir ça? J'aurais même le droit d'être une fleur planétaire, libre d'aller pousser où elle le désire?

Alors, là, Olivia, tu me rassures. Et tu ne peux pas savoir comme j'ai hâte à la semaine prochaine!

Le beau lundi qui m'attend. Tout rempli de promesses déjà parfumées des plus grands espoirs.

Mais pourvu... pourvu, Olivia, qu'il ne soit pas trop tard!

Tu crois vraiment qu'il n'est pas trop tard? Un peu tard, c'est sûr. Mais sûrement pas trop.

Ah, ma toujours fidèle, merci de m'encourager!

De toujours m'encourager quand le meilleur se présente! Mais surtout, de m'encourager encore et toujours quand je dois affronter le pire!

Un gros merci à la princesse des confidentes.

Et bonne nuit, ma chère Olivia!

Table des matières

Prologue
Est-ce vraiment du chiffon? 11

Chapitre I
Des odeurs de rentrée 15

Chapitre II
Le *smack* de Mario 21

Chapitre III
Cent pour cent 31

Chapitre IV
Des munitions à la tonne 43

Chapitre V
Les pendules à l'heure 53

Chapitre VI
Du nouveau dans l'affaire Milliard 65

Chapitre VII
En plein coeur du doute 79

Épilogue
Une fleur planétaire 87

Achevé d'imprimer
sur les presses de Litho Acme Inc.